종일 당신 생각에 오늘은 좀 그래

그럼에도 불구하고,
오늘도 당신 생각에 좀 그렇긴 마찬가지였다

그럼에도 불구하고,
오늘도 당신 생각에 좀 그렇긴 마찬가지였다

목차

목차

봄

가슴에 품은 은장도
날이라도 세우셨는가
멀고 먼 지중해
바다라도 담아 오셨는가
왜 이러시는가
종일,

하늘만 바라 봐도 당신,
생각이 난다

— 오늘부터 1일

지난밤 봄비로
가만히 귀 기울이지 않아도
얼음장 두드리는 물소리가
계곡 가득,
아득합니다
이러려고
밤잠미저 설쳤나 봅니다

이제,
당신만 오시면 되겠습니다

— 봄비1

저기 8부 능선, 쯤
겨울과 봄이
눈 맞아서

눈맞아서

— 꽃샘추위

봄바람 타던 어떤 날,
그 어느 날처럼,
인연도

지 연처럼
너무 가까워지지 않기로 해요

우리,

— (인)연

이별은
늘
1광년쯤의 저, 별에서 일어난다
그러니
삼백예순날을 두고
네 계절을 바꿔가며
이, 별에서
아직은

사랑해도 될 일이다

— 이별의 물리학

긴 겨울,
바닥까지 얼어붙었던 고요는
제 살 깎아내는 소리로
봄맞이를 시작한다

작사
작곡
계곡의 신곡이다

— 봄이 오나 봄

잘린 그리움이야 또 자라겠지만,
잘려나간 마음은 또,

어디 두어야 할까

— 마음도 꺾꽂이가 되나요?

온 들에 초록 초록,
초록 불이 켜지면,
당신도 건너오세요

오른손 높이 들고
얼룩말 같던 계절을 건너

말랑말랑해진 흙 위에
발자국 콕, 남기고
당신도 건너오세요

이제는 봄이랍니다

— 신호등1

혹독했던 겨울, 용케

하늘하늘한 비닐 한 장이
포근하기도 했었나보다
안녕, 햇살아!
안녕, 바람아!

安寧
지상에서 건네는 첫,
인사가 뜨겁다

— 안녕, 봄아!

추위 지나고 나서 깊고, 긴
크레바스

나무는 또 썼다

유서였는지,
지난겨울의 실록이었는지 모를

몸속 깊이
공전궤도 닮은 사고를 짓고
읽어줄 이 있는 서사를

— 나무의 문장

어떤 봄날엔
그 이름도
그리움도

눈에 보이지 않는 것들은
이렇게
눈에 보이는 것들을 빌어,

오기도 하겠지요

— 바람의 형상

비 그친 아침

미처 승천하지 못한 용 한 마리
늦었다고 허둥대다
산허리에 걸렸다

지각이다
혼나겠다

— 지각

봄의 산란기

초록 물고기 떼
자작나무숲에 들어서다
허술하게 쳐놓은 가지 끝에
걸려들었다

눈 먼 봄이 대어다

— 그물

그럼에도
꽃 피었습니다

저는
그것이면 됐습니다

— 복수초, 꽃

Image by dae jeung kim from Pixabay

봄꽃은 하나같이
쪼그리고 앉아
고개를 어깨 아래 파묻어야
잘 보인다

봄에는 그.러.라.는 거다
봄에는 그.렇.다.는 거다
보고 있으니 나른해진다

당신과 함께면
언제든 봄날이라고 했던
거짓말을
이제,

고백한다

— 나른해지고만 싶었다

봄이 오는 속도만큼
천천히 걷다 보면
천천히 늙어가는 것 같다
그렇게,

아주 천천히
우리가 잊혀가는 것도
아름답겠다

생각했다

—산책

내 전생은
아마도
오리온이었나 보다

달만 보면
찍고 싶어지는 걸 보니

— 초코파이

꽃 피었다

땅이 뜨거워서
꽃이 피었다
한 송이 톡 따서
당신,

머리맡에 꽂아두어야겠다

— 가뭄

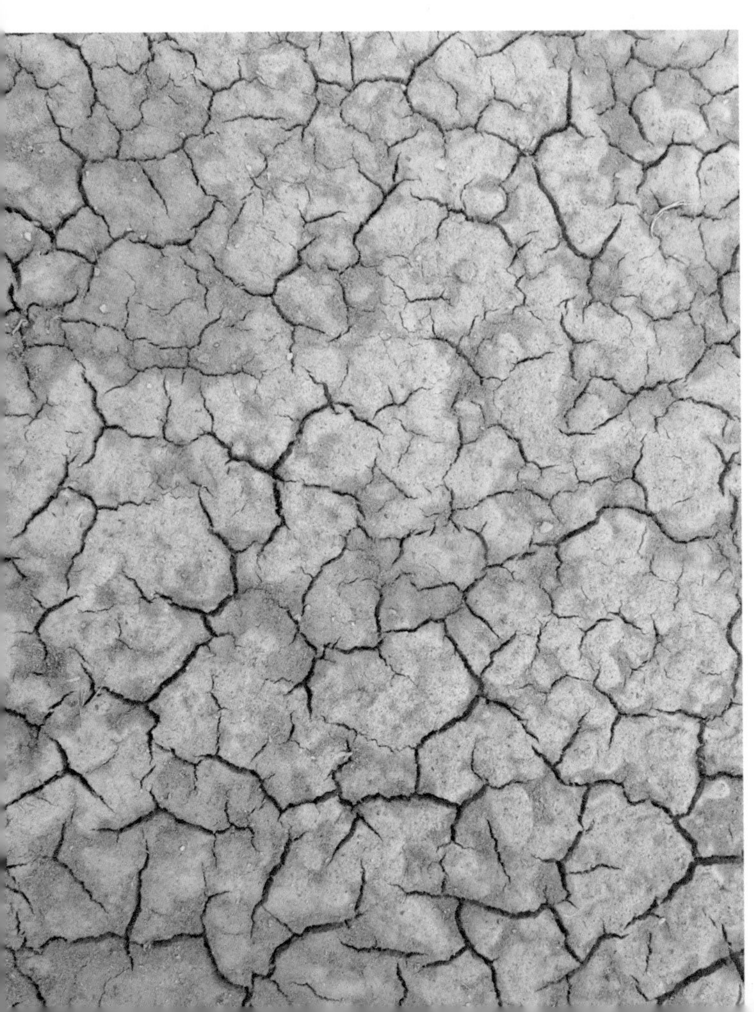

남녘의 꽃 소식에 샘이 났는지
지나는 구름을 붙잡아
함빡,

앙상한 가지 끝에도
꽃을 피웠다

— 구름꽃1

오늘은, 요
나비를 두 마리나 보았습니다
나비를 쫓아가다
산괴불주머니도 만났습니다
그 옆에선
제비꽃도 보았습니다

제비는 아지이고,
나비는 놓쳤습니다
저는 날지 못하니까요

— 시절인연1

초봄엔 지는 꽃이 없어

꽃 피는 이야기 말고는
전할 게 없습니다

— 봄소식

중력에 가까워진 것부터,
봄은 그렇게 온다
서두르지 않고,
순서대로

— 우리의 봄

단 한 순간도
파래본 적 없는 초록은
늘 억울하다
아니라고 항변도 못하고
연두의 옆에서
오늘도 초록은
초롱초롱하게 초록초록

하지만,
신호등은 역시,
파란불이다

— 신호등2

꽃 피우려고
토닥토닥

좋일 봄비는
꽃봉오리를 노크했는가 보다

— 봄비2

봄비야,
조금만 살살 내려라
어제 핀 그 꽃, 잎이 아프단다

— 봄비3

내 속에 사는
나와 꼭 닮은
그러나,
한 번도 마주한 적 없는
그,
낯선

그리움과 마주하다

— 마주보기

이름 없는 계절 품에서
그 울음 멈출 때
비로소
봄은
깡총

맨발로도
오시겠지요

— 봄봄

겨울이 아무리 추워도
봄은 오고,
그 봄은 매번
같은 순서로 꽃을 피워낸다

그런 걸 보라고,
보고 힘내라고
봄의 이름이 '봄'인 것 같다
그래서,

봄은, 봄이어야만 한다

― 그래서

봄볕에 녹은 흙길을 걷습니다
폭신한 감촉이
온몸으로 전해집니다
이런 길은
걸을수록 발이 무거워집니다
그래서 더 더디 갑니다

그래서,
더 눈길이 오래 갑니다

— 들꽃

아직 피지도 않은 매화
피었다고
핑계 김에
또

당신
안부를 묻습니다

봄엔

그래도 되는 날이 많아 좋습니다

— 또, 봄

꽃이 예뻐서,
또

그대 생각만 했습니다

　　　— 꽃다지

봄을 보라(see)고,

봄은 보라(violet)라고,

제비꽃

그 난리를 겪고도
아무렇지 않게 꽃은 피고
아무렇지 않게 못 보는
나는,

— 4월의 눈

지난겨울 추위에 쩍,
소리도 없이
몸통 깊이 크레바스를 만들었던
나무가
꽃을 밀어올렸다
때마침 허공은 잿빛이고,
안도하던 꽃도
잠시,

그 빛을 염탐한다

— 안도

악다구니로
허공을 물고 있는
저,
빨래집게는 행복할까

파란 하늘도,
따뜻한 바람도,
향긋한 봄 냄새도,
다,
저 안에 머물러 있을까

저리도,
무엇을 놓고 싶지 않은 걸까

— 빨래집게

마음에 없는 말도 했습니다
마음에 없는 말만 했습니다
마음이 아플 말만 했습니다
이제야 진심 고백합니다

서툴렀습니다
그렇다고 해도
리필하지 못한 감정을 두고
리콜하지는 맙시다

— 이별에게

꽃의 눈을 보다가
꽃과 눈이 맞았다

　— 봄바람

봄은 달래고 있다
그대,

나 보기가 싫어져 떠날 때도
사뿐히
즈려밟고 가라고,

봄은
감춘 비상금 들킨 사내처럼
당신, 생각만에도
안절부절못하던 그,
소년처럼

누군가를 달래고만 있다

— 달래, 진달래

차로 5분 거리의 읍내에는
꽃이 피기 시작하는데,
오늘 아침에도 마당,
수돗가 대야에는 얼음이 얼었다

도무지 계절을 가늠할 수 없는,
이 계절은
너무도

당신을 너무도 닮았다

— 그대라는 계절

— 4월 16일

바라지 않아도

돌보지 않아도

매년 그 자리 그때

피었다 진다

인연도 그저 때가 되어

내가 가고 오면 되는 것

— 꽃자리

스마트폰은 분명
달까지의 거리를 계산해서
초점을 잡는 건 아닐 거야

— 나의 아르테미스

참는 거다
나도 당신도 그렇게
다
꽃처럼
지나갈 뿐이다

— 지나간다

아침나절
꽃의 속살을 들여다보다

저 방에 세 들어 일 년만,
딱 일 년만,

생각했다

— 전세

몽글몽글,
구름도 꽃을 피웠습니다

— 구름꽃2

종일 내린 비가
물방울로 방을 만들었다
무거워진 방은 툭툭
떨어져 나가고,
가장 가벼운 방만 남았다
저,

착해 보이는 방에 들어가
딱, 꽃이, 필 때, 까지만,
길이 실자고
무작정 당신을 꼬드겨 볼까

그래도 되는 저녁이다

— 추파

밤사이,
나비 떼 내려앉았다

꽃이 필 때까지만 같이 살자고
당신을 꼬드겼더라면,

철렁,
가슴 내려앉았다

— 물방울 방

이별은 이런 것
그리고, 새벽의 메시지도
늘 이런 것

― 404 not found

이쯤 되니,

이 꽃이
어쩌다 그리 불리게 되었는지
알 것도 같다

오랜 시간이 지나고 나서도
오롯이 그리운 당신처럼

— 할미꽃

풀밭이라고,

마냥 풀밭이라고
그리만 여기다가도
제초제 노즐을 들이밀고 나서
함박눈 송이보다 작은
그것에
설레곤 한다

그게 4월이다

— 4월

이름을 몰라도,
들어본 적 없어도,
딱,
마주하는 순간에
알 것 같은
강호의 숨은 고수처럼
그리고,
첫눈에 반한 당신처럼

— 각시붓꽃

작년 그 자리에
잊지 않고 피었다
당분간 이 집의 주소를

길냥이도
꽃길만 걸을 수 있는 집
이거나
봄볕이 빨갛게 달뜨는 집

이렇게 바꾸어 주면 어떨까

—주소

누가 그랬다
민들레는
홀씨 하나가 꽃이라고
그래서 저렇게 저게
꽃다발인 셈이라고

하루하루가 모두 삶인 것처럼
나인 것처럼

   — '나'라는 꽃다발

몇 년째 잘 꺾어 먹던
고사리밭이
영문 모르게 텅 비었다
작년까지
고사리 천지였던 산자락이
이렇게 무심해질 줄이야

일 년 사이에 무쇠 같은 산도
돌아앉는데
사람 마음이야 오죽할까
그러고 나면,

어떤 날엔
당신 마음이 헤아려지기도 한다

— 고사리 마음

한 번도 사과나무는 배꽃을 피운 적이 없다
자두가 열린 내력도 찾아볼 수 없다 이렇게
이동 수단이 없는 것들은 반드시 스스로가
스스로이어야만 한다

내가 피운 꽃이,
나 자신이 맞는지
사과꽃 그늘에서
종일 부끄러운 하루였다

— 사과꽃 그늘

눈이 내려야만
오롯하게 길을 내어주던 산이
속살을 감추고 든다
봄이 지나고 있다는 거다

무럭무럭 연두를 덧칠하며
초록이 검붉은 단풍이 되고,
다시 연한 갈색이 되기까지
쉬지 않는 고단한 붓질
어쩌면, 지구는
어느 위대한 화가의 캔버스 위에
미완으로 남은 풍경화는 아닐까

그래서 사실,
지구는 둥글지 않을지도 모른다

— 그래도 지구는 돌겠지만

나와바리를 맛깔나게 발음하는
깍두기 형님들 문신처럼,
철책 병사의 '민정경찰' 완장처럼,
아는 사람만 아는 나무의 경계

낮술에 취해 누운
열 살쯤 많은 고향 선배,
등짝에 붙은
쭈글쭈글 구겨진 파스처럼,
혼자는 붙이지도 떼지도 못하는
애잔한 나무의 문신

　　　　　　　　　　—파스

웃는 법을 배우지 못한
모든
소리는 다 울음이다
태생이 슬픈,

— 음메

빨간 양귀비 꽃밭에서
유독
우두커니

우두커니 옆에선
나도 우두커니가 된다

　　　　— 우두커니

꽃잎 머물던 자리가 유난히
슬퍼서,
나는 복사꽃이 좋다

— 복사꽃 예찬

어쩌면 으아리꽃은
'으아' 소리를 내면서
필지도 몰라

그 소리를 들어보겠다고
게으르고 멍청한 한량은
멀쩡한 두 귀를 두고 눈으로
꽃 피는 걸 지켜보다가

으아리꽃잎 상처에 그만,
눈을 데었다

— 으아리꽃

가뭄 끝은 있어도
장마 끝은 없다던데
장마 같은 봄비 끝엔

볕이 좋아,
물의 방에서 나온 하루가
종일,
나른하게 이어지고 있다

— 춘곤증

막 말을 배우는 아이처럼

옹알이가 잦다

계곡 가득

— 고광나무

창문밑에꽃씨두봉을사다뿌렸다.심다가문득,누구에게허락받고심어야하는건아닌가하는생각이들었다.먼저자리잡은씀바귀,양귀비,채송화에게허락받았어야했나.아니면혹시라도살고있을지렁이나,도약을준비하는애벌레에게먼저물어는봤어야했나.내방창문아래라고괜한갑질한것같은이찜찜한기분은뭔지.꽃이피고나면이런생각도싹잊어버릴것같은노파심에쓴다

— 갑질

호밀은 구름의 문장을 필사한다

— 바람의 시작법

깜빡 졸고 난 것 같은데
작약도 장미도 함빡
한눈팔 사이도 없이
꽃들의 계절이 지나가고 있다

꽃의 말을 흉내 내던
서쪽 하늘은
발갛게 익어 가고,
눈꺼풀이 무서웠던 수탉은
새벽까지 기다리지 못하고
벼슬도 벌겋게 울어댄다

— 봄날 하루

꽃 떨어지는 소리에
득음이라도 할까 싶어
꽃안개 자욱한 사이로
몸 비집고 들어섰는데
아에이오우

아에이오우
먼저 온
벌떼가 발성 연습 중이다

— 찔레꽃 폭포

어떤 날엔
저녁볕이 꽃마다 불을 켜고,

피곤한 하루의 위안이
느닷없이 온다

— 위안

하늘엔,
말풍선 가득
무슨 말을 써 넣으면
당신이 읽어줄까

— 편지

여름

지는 꽃 곁에서도
이별을 생각하지 않은 건
다시,
이 자리,
그때,
돌아올 거라는
약속 있어서겠지요

— 약속

얼마나 바라면
꽃눈마다
눈송이가 맺힐끼

— 노린재나무꽃

무슨 한이 그다지 깊었길래
뽕나무는
가슴에 있는 말을 꺼내
볕에 말리고 있나

— 오뉴월 서리꽃

사랑한다사랑하지않는다……

시작하는 문장으로만 끝나는
이 쓸쓸한 게임
이미 꽃은 졌고,
막연함만 남았다

이제 막연하다는 것처럼
아름다운 것이 또 있을까

— 막연하게

어디서 굴러왔는지
짝 잃은 맷돌 하나
맞닿았을 한쪽이 더 움푹,

마음 쓰지 말아야지
하다가
당신과 닿았던 마음 한쪽
나도 그만,
움푹

그리움만 가득,
고이고 말았다

— 맷돌

날마다 꽃밭이겠으니
나비는
날마다 소풍이겠다

― 소풍1

문득

SNS에서 우리의 지도는 어떻게 그려질까. 나의 옆
집, 그 옆집의 옆집, 그들과 함께 하는 우리 동네. 나
의 동네와 내 옆집의 동네는 또 다를 것이고. 그렇
게 우리는 1인칭 주인공 시점의 마을과 도시에서 알
수도 있는 사람으로. 함께 아는 사람으로.

그렇게

—링크

검은 립스틱 짙게 바르고
새들의 말을 따라 한다
당분간은
새로 살아봐도 좋을 날이다

누에를 치던 옆집 아이는
잘살고 있을까

사소한 일상이 꺼내놓는 기억은
늘
아스라하다

— 오디

먼저 피는 꽃이 먼저 지는 일

볕의 일이고

구름의 일이고

비의 일이고

그늘의 일이다

벌의 일이고

나비의 일이고

바람의 일이고

새의 일이다

달이 차는 속도와

이슬이 마르는 시간을 제외하면

모든 것은 변수

다, 하늘의 일이다

— 어떤 일

한 계절 다 가도록

밤마다 어둠이 찾아와도
꽃은
한번도
제 색을 잃어본 적이 없다

— 당신의 의미

꽃으로도 다 하지 못한 말이
곱씹고 곱씹어 내던 말이
툭- 툭- 툭-

말없이 다 받아준
6월, 시멘트 바닥이
멍투성이다

— 버찌

꽃과 꽃잎 사이의 거리만큼에서

바라본다

오늘은 그만큼이 적당하다
볕도 비림도 그늘도
그만큼만이다

— 사이

한 입 털어 넣고 두 볼 발그레
유난히 달 붉다 했더니,

고백이라도 하려 했던가 밤새,
꽃잎 자근자근
뱉어놓고

내 가슴이 다,
두근거린다

— 유월, 달

입 벌린 아기 새처럼,

소풍 온 나비 떼처럼,

꼬물딱 아이 손처럼,

시링을 말하던 당신,

입술처럼

꽃이 피었다

— 산딸나무꽃

누가 던진 부메랑이기에
이토록 멀리도 날아가는가
돌아가는 길을 잃었는가
돌아가는 중인가

저 별을 따줄게
저 별마저 딸 기세다

— 초승달1

앵두나무 우물가에서
동네 처녀 바람났다고

도무지 이해할 수 없지만
앵두만 보면 읊조려지는
이 노래 가사는
달만 보면 떠오르는 당신처럼
앵두 같은 당신 입술처럼

사랑 또한
조건 없는 것이라고 하니

바람이 나도,
단단히 날 날이다

— 무조건반사

꽃을 관통한 빛이
색도,
향도,
빼앗기고
뼈대 앙상하게
영혼의 무게만 남은
검은 그림자로 돌아왔다

그림자의
그림자는
무슨 색일까

― 그림자 타투놀이

계절마다 돌아가면서
꽃밭의 주인이 바뀐다
양귀비 끝물에는 어김없이

손 없는 날 따위는
아랑곳하지 않는
채송화의 입주가 시작된다
끝물이면 늘 미련 가득했던
인어[이년]들

돌아보라는 듯
인정머리라고는 하나도 없이

— 인연1

창문 아래 꽃에 물 주다가

밤늦게까지
창을 넘어오는 불빛에
꽃잠 설쳤을 그 미안함을
'오늘은 일찍 잘게'
그래놓고
일찍 안 잘 것 같은
또, 미안함

어쨌든,

— 미안했다, 꽃들의 봄아

하지 지나고 모든 것이 모로 돌아눕는
시간, 졸지에 굴비 신세가 된 근육들
에겐 낯선 시간이 시작된다

평생 대면해본 적 없는 것을
눈앞에 두고,
성질 급한 놈은 툭툭
밤꽃 지는 소리에도 놀라
떨어지곤 한다

모두 하지 때문이다
하지라서

— 하지

비가 올 예보를 들었나 보다 먼지
풀풀 날리는 바닥에서 조는 듯, 고
개 처박았던 꽃들이 기운을 차렸다

그러니, 그대도, 그대들도

뭐 별거 있나
가뭄 끝에 오는 비가 단비겠지
이별 후에 기억들이
다, 그대겠지

— 여우비1

그 비에도 꽃은 밍든다

— 여우비2

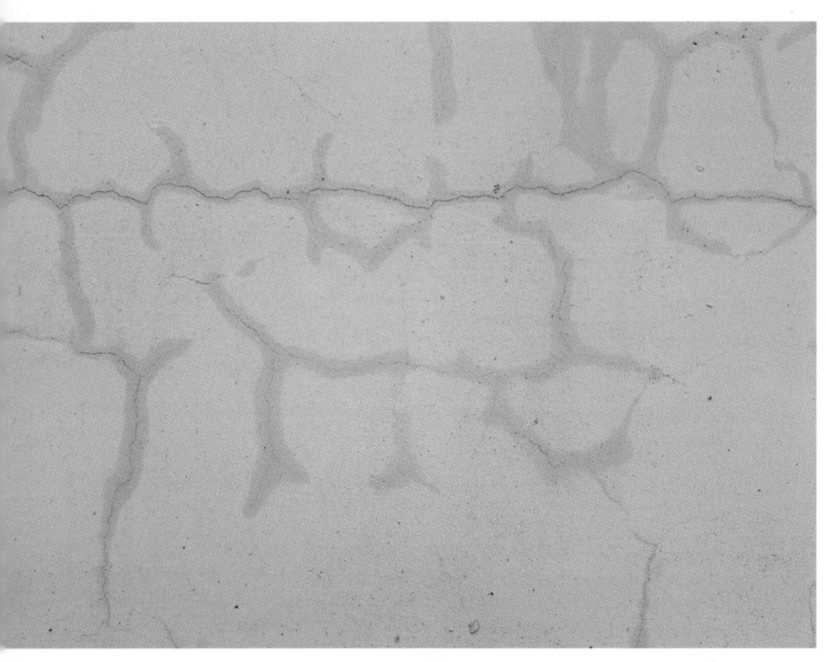

비바람이 지나간 뒤,
담벼락에 남겨진 비의 문장
난해하다

어디,
먼,
당신 소식을 전해 온 건 아닐까

— 여우비3

Image by Cal Thomas from Pixabay

시냇물의 문장엔 유독,

말줄임표가 많다

— 징검다리

6월 씨의 후임으로
7월 씨가 부임했다
7월 씨의 기대와 다르게
이 취임식은 눈물바다였다
화가 난 7월 씨의 등에서는 쌩쌩,
찬바람이 일었다
그 바람에도,
꽃들은 알아눕는다
꽃들은 앓아눕는다

— 7월 1일, 오늘은 비

하고 싶은 이야기가 많아질 때

그냥 참는 법에 더 익숙해서
그래서
우리는
더 간절한 깃인지도 모른디

― 눈, 물방울

혹시 네가 실연이라도,
시련이라도 당해
며칠을
그렇게 우는 줄 알았지 뭐야
이렇게 예뻐지려고
후파후파 씻는 걸 모르고
반짝반짝
예쁜 게 막 보여

— 비 갠 하루

하늘의 끝이었다가
땅의 시작도 되고
다시
하늘의 시작이 될 수도 있는
저기 저 경계에 시가 있다

저 너머의 사람에겐
밤이 오는 눈꺼풀이 되고
여기의 나에겐
새벽을 보는 눈이 되는
저 변덕스러움 또한 시다

— 경계

105

그 가뭄에 비 조금 뿌렸다고
손톱보다 작은 이 콩도
중력을 거슬러
땅을 뚫고 올라서는데
콩보다 몇천 배는 크고 큰

그대들,

— 힘! 내시라

흡사,
어미를 기다리던 아기 새처럼,
노란 부리가 저녁을 쫀다
나리의 꽃방만큼,
저녁 하늘은 깊고,
깊고 고요하게 작아져 가고,

오늘은 저 방에서
당신과 잠들고 싶다고
욕심부려 본다

—나리

Image by engin akyurt from Pixabay

비가 내리면
누구에게나
하나씩은 꽃이 피어

우리 모두가 꽃

거리는 꽃밭이 되지

— 우산

한바탕 쏟아지고 나서
그렁그렁
회귀하지 못한
물고기 눈동자만 남아,

가만히,
가만히 들어다보다
가만히 들어가
괜히 나도 그리워진다

너는 어느 바다에서 왔니

— 물방울

나를 뱉어내지 않는 안개와 놀다
끝끝내
나를 잊어버린 날도 있었다

— 안개

장마 통 굵어진 빗방울에
끊어지기라도 했나
땡볕 아래서
거미줄을 기웠다
오버로크 솜씨가 일품이다

간판도 없이
알음알음
아는 사람만 찾는다는
거미 수선집

내 마음도 수선해줄까

— 거미 수선집

당신 눈썹,
당신 입술,
당신 눈,
당신

생각했다

— 초승달2

어떤 날이라도,
처마 끝까지 몰린 하늘은
온순해져
물결,
잔잔한 호수가 된다

— 처마끝 호숫가

바람이 영혼을 데려가고
며칠째,
꼼작도 하지 않는다
영혼의 무게를 빼고도
더 무거워져
나비의 잠이 곱게,
길어지고 있다

그것뿐이다

— 나비잠

더위에
하늘도 새파랗게 질려
비 내리는 걸 깜빡했나 싶어

비는 이렇게 뿌리는 거리고
스프링클러는 시위 중

— 1인 시위

장마 끝에
아름드리 은사시나무를
먹어치우더니
꽃이 피었다
칡꽃인가,
은사시나무꽃인가
모르게

저 덤불 다 뒤집어쓰면
나도 꽃 피울 수 있을까

생.각.했.다.

— 칡꽃

뜨거운 불덩이 하나 꺼내놓고,
당신은,
가슴 텅 비었겠다
비웠으니 채우겠다, 마는

이제, 이쯤이면, 거기,
내 자리 하나는 있을까

— 허한 날

물든다는 것

닮아간다는 것

경계가 희미해지는 것

그리고 존재가 명확해지는 것

― 사랑한다는 것

화산 폭발같이
천년 묵은 이무기의 승천같이
부화가 끝난 치어같이
명절 앞둔 고속도로 요금소같이
당신에게로만 가는 내 마음같이

— 마치

토마토와 장미의 계절이 닮았고
피라미와 냇물의 빛이 닮았고
백로와 구름의 높이가 닮았고

오늘과 어제의 더위가
하얗게 닮았고

당신과 내가
우리가
서로가
닮았다

— 토마토의 계절

세상
모든 그리움은 전봇대 끝에서
그나마 남은 체온으로
둥지를 튼다

— 구리선으로 전하는 사랑

꽃이 유난히 깊다 했더니,
예까지 꽃을 피우느라,
그리 깊은 허방을 두었나 보다

— 안녕, 호박! 꽃!

당신이
어떤 사람인지 모르겠어서,
별들에게 물었습니다

별이 지기까지,
당신만 묻고,
또,
물었습니다

― 열대야

고래를 보았다

폭염에 가뭄이 길어지다 보니
고래 날숨도
간절하기만 하다

─ 신기루

지상의 모든 것들이 풍덩
지구의 눈동자를 들여다본다
당신이 눈동자외 미주했던 그 날
행복하던 사내처럼

조금 시원해졌으려나
조금 행복해졌으려나

— 데칼코마니

팔월이 지나면서

여름은,
낮아지고, 작아졌다
강렬해지고, 억세졌다

더, 그리워지기도 하였다

— 8월의 꽃

폐차장이 무덤같이 느껴지기는 처음
이었다 한여름 무더위에 그 거대한 쇳
덩이들이 다 흘러내릴지도 모른다는
생각도 들었다 무심코 지나쳤던 그곳
이 그토록 낯설 수 있다는 게 묘했다

— 폐차장

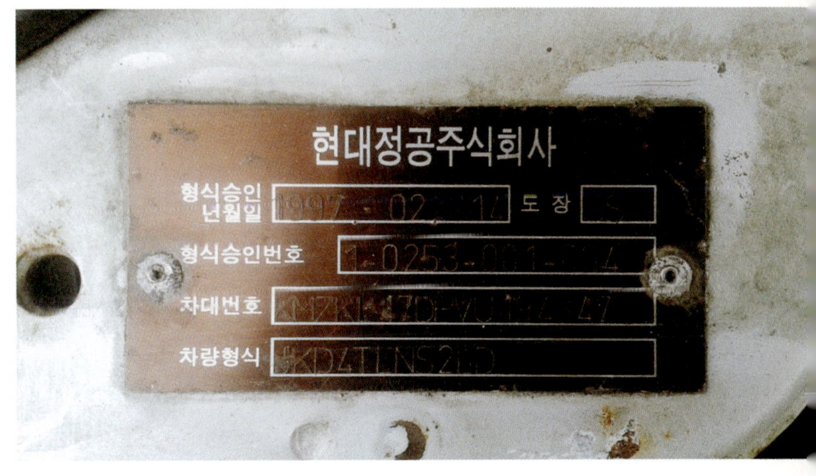

나비는 백일홍을 찾고,
나는 나비를 따라,
마음의 방향은 시선을 따르고,

마음의 속도는 눈치보다 빨라,
눈치채지 못한 우리의 로맨스는
어쩌면
삼각관계이거나,
짝사랑이거나,
스토킹이거나

― 마음의 속도

입추 지난 시 얼마라고,
높아지는 하늘 따라
여름의 뒷모습은 질서정연하고,

이제 벼꽃이 필 차례다

― 여름의 뒷모습

저 작은 꽃에도,
해 지고 달 뜨는 사연이 있다
그러니,

그대여!

벼꽃

햇살에 찔린 상처가 제법 깊어
제빛인 것이 하나도 없다

다 꺼내 보이면
세상천지가 어둠이 되고도 남을
이, 새카맣게 탄 속을 누가 알까

— 기록적인 폭염

한밤의 풀벌레 소리처럼

닿을 자리가 있는 소리는
고백처럼 달콤해서
억지로
닿을 자리를 만들어야 하는
독백의 숙명보다
멀리까지
애쓰지 않고도
닿는 날이 있다

단란한 가족,
다정한 연인 사이의 말을
주워들었던 날이었다

— 말

낮달을 보다가
당신,
생각하는데
전봇대 위 낯선 새 한 마리
한참을 앉아 있다,
날아갑니다

그냥
당신도 내 생각을 하였나 보다
믿기로 했습니다

— 낮달을 보다가

서둘러 가는 바람의 발자국이 선명하다 은사시
나무가 까르르 뒤집힌다 뭔가 서둘러야 할 좋은
일이 있나 싶어

나도, 오늘은, 달 한 조각 떼어, 뱃놀이 가야겠다
오작교 아래를 지날 땐 그대여,

그 아래선 우리도 살짝,
눈 감아 보자

— 칠석

나무는 무슨 죄를 지었길래
눈이 멀어,
어디도 가지 못하고
평생
하나의 별자리만 가져야 할까

나무와 눈을 맞추다가 그만,
조금 슬퍼져 버렸다

— 눈동자

긴 가뭄 끝에는 단비라고 했거늘

너무 늦었다고,
서둘러 오느라 그랬는가,
밤새 비바람이 심했다

까만 김장 비닐 위에 쓰고 간
빗방울의 사연은
재미도 없고,
감동도 없다
게다가 악필이기까지 하다

너랑은 이제 절교다

— 기다리다 지쳐

아득하다는 것은 그립다는 것,
그리고 잊혀 가고 있다는 것

여전히 기억은 왜곡되고
또
재생산되고 있다는 것

— 야경

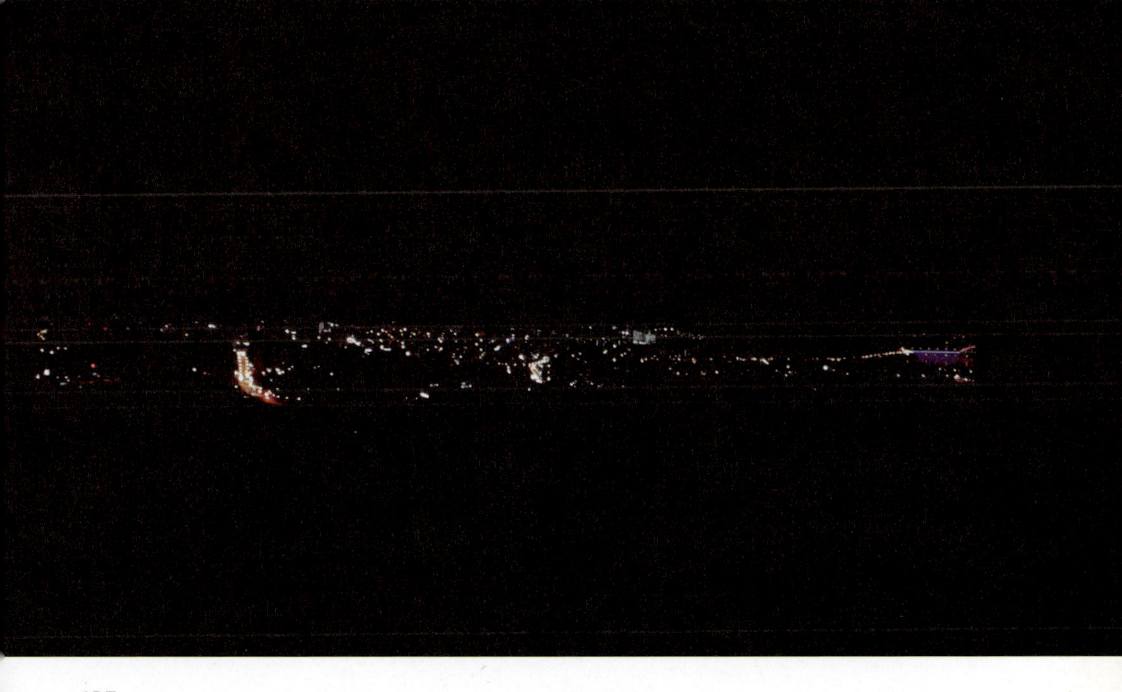

까만 건 다 하늘이겠거니,
아직 어린 아기별이
아침에 지상으로 내려왔다

엄마별은 얼마나 애가 탈까

— 고추꽃

참군과 참양의,
참양과 참군의 결혼식에서
눈치도 없이

부케는 내가 받고
부케는 내가 받고
부케는 내가 받고
부케는 내가 받고

어쩌지, 어쩌지, 어쩌지

— 사위질빵꽃

입 밖으로 나와버린 혼잣말처럼,

쭈뼛쭈뼛 터져버린 고백처럼,

붉게

참 오래간만이다

이렇게도 설레는 이가

한 잎 따다

아끼고 아낀 그믐밤에

걸어둬야지

그이 보라고

그이만 보라고

— 백일홍 핀 그 밤

만약에,
한 사람이 소비해야 하는
그리움의 총량이 정해져 있어
누군가를 그리워해야만 소멸하는
그런 것이라면,
당신도 그렇다면,
당신도 그랬으면,

보호받지 못하는 걸 알면서도
그리움은 오늘도
심장 가까운 쪽으로 좌회전

— 비보호 좌회전

141

이래놓고,
밤이 오면, 어쩌라고

'자?'
옛 애인, 새벽 문자처럼,
이래놓고

— 자니?

당신은,
내내 무탈하다고,
봉수대에
붉은 봉화 하나 피워놓고

불금 저녁을 골라
하필이면,

― 불금

이, 별이 찾아오는 저녁은
매일, 죽는다
저, 별이
그, 별이려나

오늘 저녁의 사인은
뭐라고 둘러대야 할까

— 저녁1

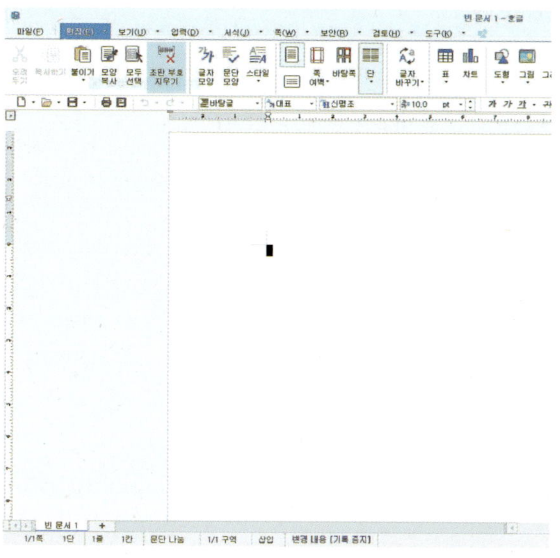

종일 노려보아도 눈만 껌뻑껌뻑

단 한 줄도 쓰지 못하고

커서와 눈이 맞아

두근두근

문장의 맥박에 눈을 데었다

— 커서(cursor)

구름 문양 벽지 발라 놓고
떨어지지 않게 반짝반짝
야광별도 붙여둔 걸 보니
철새의 이사 철이
다가오는가 보다

착한 아기 철새의 창문 밑엔
선한 집주인 닮은
나팔꽃 한 그루 심어줘야지

— 이사

가을

빨래찝게가 가을을 꽉 물었다
바람도, 볕도
덜 마른 빨래처럼
저 푸른 허공에 뚝뚝 떨어진다

빨래집게라고 쓰고
하늘 한 번 보고
빨래찝게라고 쓰고야
안심이 된다

단단히 물어야 한다
가을은
더디 인심 쓰는 법이 없으니까

— 빨래찝게

꽃의 뒤에서 알았다
누군가의 앞에 서는 건
하늘이 되어주는 일이라는 걸

— 키다리 아저씨

지상에서 어느 가을 하루쯤,
날이 적당한 날,
물소리, 바람 소리 들으며,
구름 떠가는 거나 보면서,
이러고 살아야지 싶다
당신과 함께라면 더 좋겠지

싶다

— 소풍2

© 최혜신

그래도 가을이다

그대도 가을이다

— 가을1

성질 급한 놈이 혼자 피어서는,
남으로 가겠다고,
남으로 가겠다고,
남으로 가는 차만 보면
히치하이킹이다

누가 뭐래도 이젠 가을이다
가을엔,
부디,
사랑하는 사람들이
헤어지지 않았으면 좋겠다

― 구절초 연가

© 최혜신

갈라진 입술 사이로
바람이 들어온다, 쓰리다
달래려는 듯,
갈라진 틈으로 자꾸만 혀가 간다
더 쓰리다

입술이, 제일 먼저 가을을 탄다
그걸 오늘에야 알았다

그러니
나뭇잎이 나무의 입술은 아닐까
생각해본다
색 고운 나뭇잎 하나 입에 물고,
가을을 나야겠다

— 가을2

저들도 초록을 기억할까?

기억의 소유에 대해 생각하다
망각의 소유에 대해 생각한다

— 옛사랑

조금 늦더라도,
더 많은 신호에 걸렸으면,
했다

치과 가는 길

병원만 오면
두 살이나 어려진다

두 살 치 어리광은
더 부릴 수 있어서 좋다
그래서,
더 아픈 척 하는 것 같다

— 만 나이

하늘만 봐도 싱숭생숭해지는 게
가을 탓인 것만 같아

나이 탓은 아닌 것 같아

— 하늘 참,

가을이 오면,

너는

사랑니가 났고,

나는

아팠다

— 가을3

지난밤에
방에서 손톱 깎다가 튀었는데,
엄마한테 혼날까 봐
저기,

저기 있다고 뻥쳤다

— 초승달3

누구에게 가는 그리움이

저리 걸렸을까

꺼내주려

팔을 뻗어도 닿지 않고

되레 내가 더 간절해진다

저 줄 다 걷어내면

우리의 밤이,

조금은 덜 그리울 수 있을까

조금은 덜 간절해질 수 있을까

— 초승달4

좋아해 줄 누나도 없는데,
과꽃은 이리 피어서,

설령,
이별을 목전에 두었더라도
오늘만은,
과꽃이 이리 피었으니
내일 헤어지자고
핑계 김에 하루만 더

— 과꽃

하늘이 고와서,

하늘이 고와서,

하늘이 고와서,

가을에 하는 고백은

하늘이 곱다는 말로 시작하자

— 고백1

가을 아침은

이 작은 것에
먼저 눈이 가는 시간

이 작은 것도
눈여겨 보아줄 여유가 있는 시간

— 가을 아침

이렇게 낮아지고,
가벼워질 수 있다면
당신
들숨에도,
날숨에도,

흔들릴 수 있겠지
흔들려 줄 수 있겠지

— 나, 뭐 달라진 거 없어?

오늘은
저 달에도
당신의 시선이 닿았으면 좋겠다
보는 내내
조금 더 따뜻해졌으면 좋겠다

그런 게
당신의 낭만이었으면 좋겠다

— 추석

꽃의 색에 취해 넋을 놓다가,
나는 무슨 색일까

가을엔 저 꽃잎,
저 색이었으면 좋겠다
아무 볕이나 베고 누워도
아프지 않게
아무 하늘이나 덮고 누워도
쓸쓸하지 않게

— 생각했다

꽃도 하늘빛을 닮는 계절
꽃도 하늘빛을 담는 계절

― 가을4

느닷없이 목도해야 할 일이 생길 때,
가령
장마로 불어난 강물을
두 손 놓고 바라보아야만 할 때
별똥별 떨어지는 광경을
슬프지 않게 바라보아야만 할 때
그렇게
모든 죽어가는 것들을
직시해야 할 때

비로소 어른이 된다

— 어른거리다

지는 꽃을 바라보다가

이런 날에도
꽃이 진다,
꽃이 진다,
꽃이 진다고
슬퍼하는 이 하나 없어,
되레 내가 슬퍼졌다

이런 날에도

― 가을5

다행스럽게도,

뜻하지 않은 곳에서 나고 자란
저 꽃봉오리 사이의 간격은
얼마나 될까

초록은 너무도 멀고
해줄 수 있는 건 위로뿐

— 위로

단단한 돌멩이도
가을 앞에선
말랑말랑 가을 타는 중

　　　　　— 가을6

가을이라는 현악기

— 가을7

무더웠던 여름이 수만 번
피우고 지우다
지금,
시월까지 떠밀려온 날
시월의 시는 이렇게 또
시작된다

— 시월, 詩月1

이제야
쑥부쟁이 하얗게 피었는데
눈이 멀었는가
마음이 멀었는가

첫눈이 오면 만나자던 당신께
전화해야지
송이송이 뭉쳐서
눈사람 아니 꽃사람,
만들자고 전화해야지
잘 지내냐고
잘 지낸다고
전화해야지
벌써,

— 함박, 꽃

9월에 핀 꽃, 10월에 지듯,
9월에 생긴 이름 하나,
10월엔 버려야지

가을에 핀 꽃,
가을에 져야 하는 것처럼

— 시절인연2

시처럼,

별처럼,

국화가 열기 시작했다

— 시월, 詩月2

알람이 고장 난 건지

끄고,

다시 잤는지

너무 이른 건지

너무 늦은 건지

모닝콜이 필요해

— 시월, 개나리

이별이
가장 슬프게 실감 날 때는,
당신에게,
택배 아저씨는 아무렇지 않게
해도 되는 전화를,

나만 못 할 때

— 헤어진 다음 날1

가을은 무시로 또, 오고

이번 생에도 당신은 또,
코스모스 닮은 우산을 쓰고,
왔다

사랑이었다

― 당신의 고백

보아 달라고
보라의 시간은
느리게도 활짝

다시 보자고
높이까지 올라가서
나팔소리 뜨겁게도

그렇게 보라고
보라

— 보라

당신은
느닷없이
벌써 가을이라고,
잘 지내냐고
묻는다

그 대답은 묵히고 묵혔다가
다음 계절에 해 주어야겠다
그렇게 느리게
이별하며 사는 거라고
평생을 이별하며 사는 거라고

당신만 가을이겠는가

— 가을의 말1

영상 3도로 시작한 아침,
무서리는 내리고

모든 푸른빛을 하늘에 빼앗겨
지상의 남은 것들은
고스란히 계절이 된다

하늘은 더 높아지고

— 무서리

가을엔 모든 것이 닮는다
물도, 나무도, 바위도, 사람도

— 그래서 우리

아침,
제일 먼저 만난 꽃
꽃마다 당신의 이름을 써놓고
불러본다

아침,
첫 발화
소리가 닿는 곳마다 당신이
피어난다

— 그대가 핀다

어쩌라고 저녁은
당신 이름의 자음 하나를
뚝 떼다가
창가를 서성이게,
저리 걸어두었는가

아! 어쩌라고

— 초승달5

바람이 스쳐 가면 꽃바람, 햇살이 머물다 쏟아지면
꽃 같은 날, 달빛이 감겨 나가면 꽃잠, 지나던 사내
머리에라도 앉으면 꽃돌이

이것이 없더라도, 당신은 꽃

― 그대라는 꽃집

오늘처럼만, 만약
평생이 못 된다 하더라도,
당신과 내가 우리인 시간만큼은,
우리가 그렇게 예뻤었다고

그저 운이 좋아
다음 생을 준다면,
서로를 알아볼 수 있을 만큼

— 기약 없는 기약

오늘은,

오늘만큼만 사랑하도록 하자

— 오늘

여름이 겨울에게,
겨울이 여름에게,
전하는 이야기가,
가을을 사이에 두고 물들어가듯,
매일 매일이

우리가
물들어가는 날들이었으면

— 고백2

퍼즐의 마지막 조각처럼
서로의 품에 꼭 맞는 우리
였으면,
였기를,

먼 훗날,
돌아보아도

— 퍼즐

쩍 소리도 없이
가을하늘이 반으로 갈라졌다
하얗게,

하늘 속살이 다 드러났다
볼 붉어진다

— 고추잠자리

어제도 떴던 달인데,

달 떴다고,
또, 당신이 그립습니다

― 그리움

속닥속닥
가을비 내립니다
당신도 들으셨겠죠
제 마음의 소리를

— 가을비

사랑해요, 라고 쓰고 싶은 날
사랑해요, 라고 듣고 싶은 날

묻고 또 물어
사랑을 가늠하고 싶은 날
말하고 또 말해
그대에게만,

꼭!
확인시켜주고 싶은 날

— 고백3

가을은

유일하게

별자리기

지상으로 내려와 꽃 피는 계절

— 가을 별자리

아무리 수확의 계절이라고 해도
가을이면
그 푸르던 잎

놓을 줄 알아야 한다

— 가을이 오면

저 모퉁이만 돌면
당신이 있을까
우리가 있을까
어제가 될까

저 모퉁이만 돌면,
저 모퉁이만 돌면

— 모퉁이의 의미

이 여린 꽃을 받아 들고는,
줄곧 처음 느끼는 감정뿐이었다
그러는 사이 꽃은 지고,
꽃물 진하게 든
당신이라는 기억을 얻었다

혹여
지나온 사랑이 시샘할까 봐,
지나온 슬픔이 질투할까 봐,
더, 사랑하지 못하고
더, 슬퍼하지 못했던
이제 와서 미안해지는
당신이라는 이별만 얻었다

— 당신의 이름

© 최혜신

그래도,
가을이다
아무렇지도 않게
가을에도 달은 차고 또 기운다
그렇게,
가을을 이해하기로 한다

— 가을의 말2

오늘은 폐업이 예정된 가을 꽃집에 들러 국화 한 다발
사야지 이 꽃 다 지기 전엔 서두르지 말라고 졸라 봐야
지 그 어느 계절보다 뜨거웠던 국화의 시간, 그렇게라도
조금만 더, 잡아둬야지

　　　　　쉬 겨울이 오는 산골에
　　　　온기가 조금이라도 더 머물게,
　　　　쉬 이별이 오는 당신들 마음,
　　　　　조금 덜 시리게

　　　　　— 가을 꽃방

비, 내려서
당신은, 운다

그 전화를 받고,
삼십 분째 앉아
빗방울과 눈싸움 중이다

나는,
당신을 이길 수 없고,
빗방울도 이길 수 없다

— 미로

달빛이 저와 놀자며
창을 두드린다
창문을 열어준다
밝다

토끼 한 마리, 새 한 마리
데리고 달이 들어온다

달이, 달떴다고
나도 덩달아

   — 달빛 그림자 놀이

내비게이션이 없어도,
어느 곳이더라도,
당신이 없더라도,
저녁은 늘,
어김없이 목적지에 도달한다

어떤 날은
저녁이 빨리 오기도 한다

— 저녁2

안개는
모든 것을 품을 수 있지만
그 모든 것을 하루도 온전하게
품어본 적이 없다

마치,

— 짝사랑처럼

하늘을,

하늘하늘한 빗자루로
몽땅 쓸어 담아,
그대에게 보내야지
사랑한다고 말해야지

— 고백4

눈, 비, 바람, 햇살이 다 가져갈 때까지, 외딴
산속 오솔길에선, 떠나는 것조차 서두르는 법
이 없다 천지가 소복을 갈아입어도 끝나지 않
을 가을의 장례는 풍장

낙엽이 쌓여있다고 길이 아닌 것은 아니듯,
느리다고 가지 못하는 것은 아니듯,

느리게만 걸어본다
당신을 오래,
생각하는 하루였으면 좋겠다

— 가을 이별

발 없는 말은 천리를 가고,
발 없는 구름은 천리뿐일까

구름과 그리움은 동의어라고,

— 그리움의 속도

어떤 단어로도 채울 수 없는

계절의 간극,

가을과 겨울의 경계

— 틈

당신의 등뼈에 입을 맞추고
그렇게 일 분만 더,
그렇게 일 분만 더,
그렇게 있고 싶은 날이었다

— 시월의 마지막 밤에

잎을 다 떨구어야,

나무는,

그만큼의 하늘을 더 얻는다

이렇게,

가을의 의무는 오롯하게

가을의 의미가 된다

— 가을 나무

해가 지고 달이 떴다
달이 뜨고 해가 셨나
해가 지려고 달이 떴다
달이 뜨려고 해가 졌다

말장난에 내가 졌다

— 초승달6

대체 무슨 그리움이길래,
그 골목이 온전히 내려 보이는,

보름마다
훔친 달을 저기 걸어 두었나

밤길이 유난히도 밝았던
그,
골목

— 안양로 406번길

산책길의 동행
한발 빠르게 걷기도 하고,
한 걸음 뒤처지기도 하고,
은근 밀당을 아는,
아직 이름을 지어주지 못해,

그

― 동행

마지막 사랑니를 뽑았다
발치했던 중에 가장 안 아팠다
사십 대는 이런 건가 보다

내 몸에서
무엇인가가 하나씩 빠져나가는
그래도 예전보다 덜 아파지는

그래도 되는

— 마지막 사랑, 니

밝은 날이 싫어지면,

반드시,

비는 오고야 만다

— 우기(雨期)

고물상에 가면
외설 잡지도, 시집도, 경전도, 신문도,

모든 종이는
무게 앞에 평등해진다

— 고물상

말에도 짝이 있대
그 사람, 그 사랑
그 이름, 그리움
우리처럼

또

어쩌다 그 어떤 날엔
짝을 잃기도 한대
이별한 이, 별에서
우리처럼

— 우리처럼

된서리가 몇 번은 훑고 간,

당신을 닮은 꽃,

꽃눈에 입을 맞추고,

그렇게 하루반 더,

그렇게 하루만 더,

그렇게 있고 싶은 날도 있었다

— 초겨울, 어느 날

숨죽이고 숨어있던 소리가,
인기척에 놀라 깨어난다
낙엽은 낙엽의 소리로,
계곡은 계곡의 소리로,
이 소리를 들으려면,

내 소리는
숨죽이고
숨어들어야 한다

— 겨울 산행

첫눈에 반했던 당신처럼,
만발했던 꽃의
어깨너머로 내리는, 당신처럼,
그리고 여전히 당신처럼

첫눈은,

— 첫눈 1

미처 준비하지 못한

초록의 장례

하늘은 무심하게 푸르다

— 첫눈2

아직

지상에 미련이 남아서
지지 못하고 샛노랗게 피어서
일편단심
민들레 사랑

— 첫눈3

한 계절이,

그냥 지나지 않는다

— 첫눈4

발 없는 눈도
이렇게나 오시는데
당신은,

발은 묶이고,
생각은 산을 넘고

당신은,

— 나타샤와 흰 당나귀

언젠가 돌아보면,
첫눈 같은 날이었다고,
기억되길, 바라는 마음

그리고,

언제든 돌아보아도,
첫눈 같은 날,
우리가 있길, 바라는 마음

— 여전히 당신을

별이 떨어진다

— 밤눈

231

“함께 아는 친구 100명, 그러나 우리는, 알 수도
있는 사람”

카피처럼

로그아웃하지 않는 한 관계는 화석처럼 굳어지고
다져지고 층층이 쌓여

또다시
도돌이표처럼
13월이 없는 것처럼
영원히 알 수도 있는 사람

— 알 수도 있는 사람

바다가 안 보이는 바닷가에서,
차를 세우고,
시동도 끄고,
초겨울 볕에 책을 보다가,
갈매기 소리에,

바다가 곁에 있는 걸 알았다

문득,
당신이 없다는 걸 알았다

— 헤어진 다음 날2

당신만 기다렸다

한때 섬이었던
그 낯선
바닷가 작은 마을처럼,
그렇게 기다리면
당신도 올 줄 알았다
그랬다
그랬었다
나마저 떠나고 나면,
남을 무인도가

낯선 것은
온통 두려움뿐이었다

― 밀물

밤새 한데서
달은
해를 기다렸다고 한다

수탉이 말해주었다

― 새벽

235

해지고 나면
첩첩산중엔 별빛만 남는다
외롭지 않으냐고 묻는 말에는
그리움이 그윽하지만
되레
나는 외롭지 않다

첩첩이라는 말에
나를 밀어 넣으면 긴-
긴 겨울밤
별빛이 도달하지 못하는 허공도
극세사로 기워진다

그곳에도 시가 있을까
당신과 다르게
나는 그것이 궁금하다

— 귀촌의 밤

이어폰은 빼두고
눈 밟는 소리만 들었다
눈 밟는 소리만 들렸다

나란히,
고요한,
소리 가득한 산책

함께 있어도 그립다던
당신의 말이 떠올랐다

— 적막 소리

바다를 끼고 있는,
서해,
시골 마을의 어르신들은,

길을 물을 때마다,
어디서 왔냐며 대답을 되물었다
헤어진 다음 날처럼,
자꾸 뒤돌아보게 했다
가야 할 곳을 모를 때,
가야 할 곳이 얼마 남지 않았을 때처럼,

당신들도 이별을 했었겠구나
생각했다

— 내비게이션

처음 자전거를 배울 때,
아직 거기 있는 거죠?
대답이 멀어질 때마다
찾아오던 불안들,

철이 들어서 보니
철석같이 믿었던 당신의 배신이,
절대 배신하지 않았던 중력이,
그 불안의 중심이,
속도를 만들었더라는,

조금 불안한 날엔 우리,
자전거를 타자
확, 몇 번쯤 넘어지다 보면
바로 서는 법을 배울지도 모르니

— 아직 거기 있는 거죠

© 최혜신

때론,

멀리서 두어야 아름다운 것이

있다

— 그대도 그렇다

처마 밑에서 지란 나무는,
처마를 닮아간다

— 우리 사이

새벽까지 불 켜고 있더니
밤새, 달님과
무슨 이야기를 나누었는데,
달이 진 저쪽으로 고개가
돌아갔을까

국화의 이마가 발갛다

— 월하정인

이 풍경을 부연할 문상은,

차라리
거추장스러울 뿐이었다

— 유구무언

겨울의 문장엔 날이 서 있어,
계절의 문장을 읽다가,
나도 모르게,

오랫동안 울었다

— 장문의 카카오톡

내가 했던 뜨거운 말들을 나보다 더 많이 오래 기억하는,
차가운 골목 어디에 버려져도 찾아줄 사람이 많은,

겨울이 온전히 외로운, 윘더,

외장 하드 같은,

— 춘천

얼마나 깊어질지 모르는
겨울 앞에서,
머뭇, 머뭇거리다가,
계곡이 꿈을 꾸기 시작했다

나의 동면은,
당신만,
꿈꾸었으면 좋겠다

— 동면

종일 당신 생각에,
오늘은 좀 그래

— 초승달7

염원에서 영원까지,
오늘만은 네가
희미한 낮달이 되어주렴

내 소원을 다 말하기엔,
긴 겨울밤도,
너무 짧아

— 국화 옆에서

다 자란 가지,
한쪽을 내어주고
가슴 한쪽 저린 날이
얼마나 길었을까

— 팔베개

오늘 고백은,

'달이 예뻐서'로 시작해 볼게

— 고백5

발이 있는 모두가 양지로
모여드는 아침

더 추워지는, 어느 날이면
당신이,

내게로 올까

— 핫팩이 되어야 하나

뭉텅, 잘려나가
어느 계절에 닿았는지도 모르는
마음을 두고

밤마다
쩍쩍 갈라지는 소리를 쓰던
일교차의 연서를 훔쳐보았다

— 못다 한 말이 많아서

앙상한 가지라도 뻗어
잡아보려 안. 간. 힘

그냥, 두어라
가라고,

— 잠시, 안녕, 처럼

단지,

그대가 없어
겨울이다

— 5계절

텅 빈 듯 가득한 허공에서 빛을 모아 별을 만들어 보자 그것
으로도 외롭다면 향기만 찾아 꽃을 피워보자 그래도 부족하
다면 아름다운 단어만 골라 문장을 만들어 보자

잘했다고,
고생했다고,

혹 생각지도 못한 떠돌이 음표들이 걸려든다면 낮게 콧노래
라도 불러보자 오늘 밤은 그래도 된다고, 허공에 허락을 구
하지 않아도 된다고

— 허밍

겨울 아침볕 가득한 허공에서

간신히

소복이라는 단어를 골라냈다

건드리고 싶지 않아,

눈으로만

소복소복

— 소복소복1

무슨 미련으로

가을 국화는

겨울을

버티고

― 겨울 국화

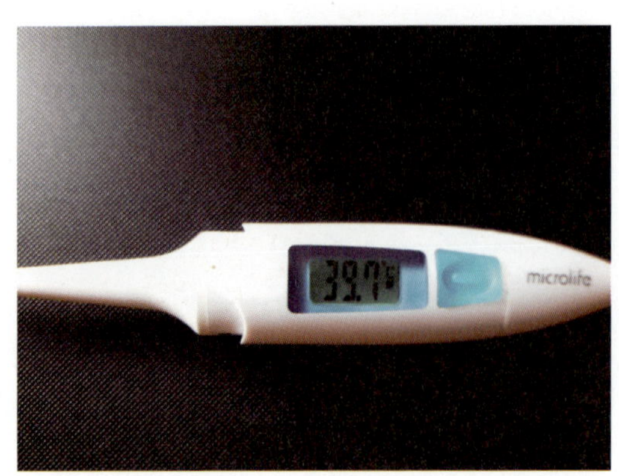

왜, 있잖아
고열이 계속되면
몸이 떨리는 거
그럼,

당신을 생각하면
내 마음이 떨리는 건,

왜인 거지

— 당신이 뜨거워서

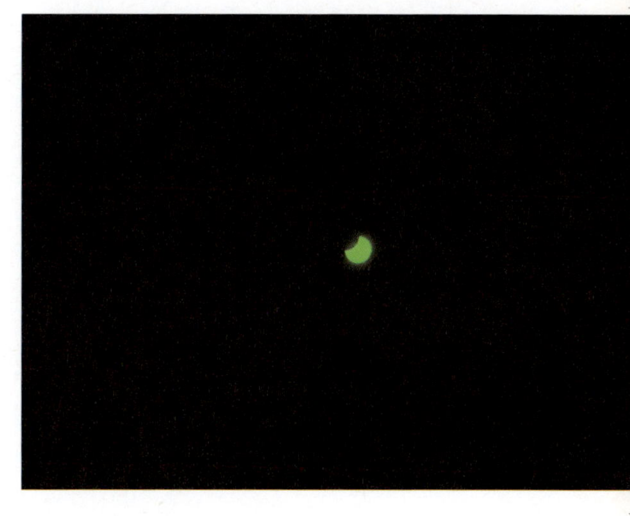

며칠을 두고
하얀 낮달이 뜨더니,
드디어 해의 품에 퐁당
안겼다
뜨거운 재회

저 둘에게 소한은
겨울 절기가 아니겠다

— 부분일식

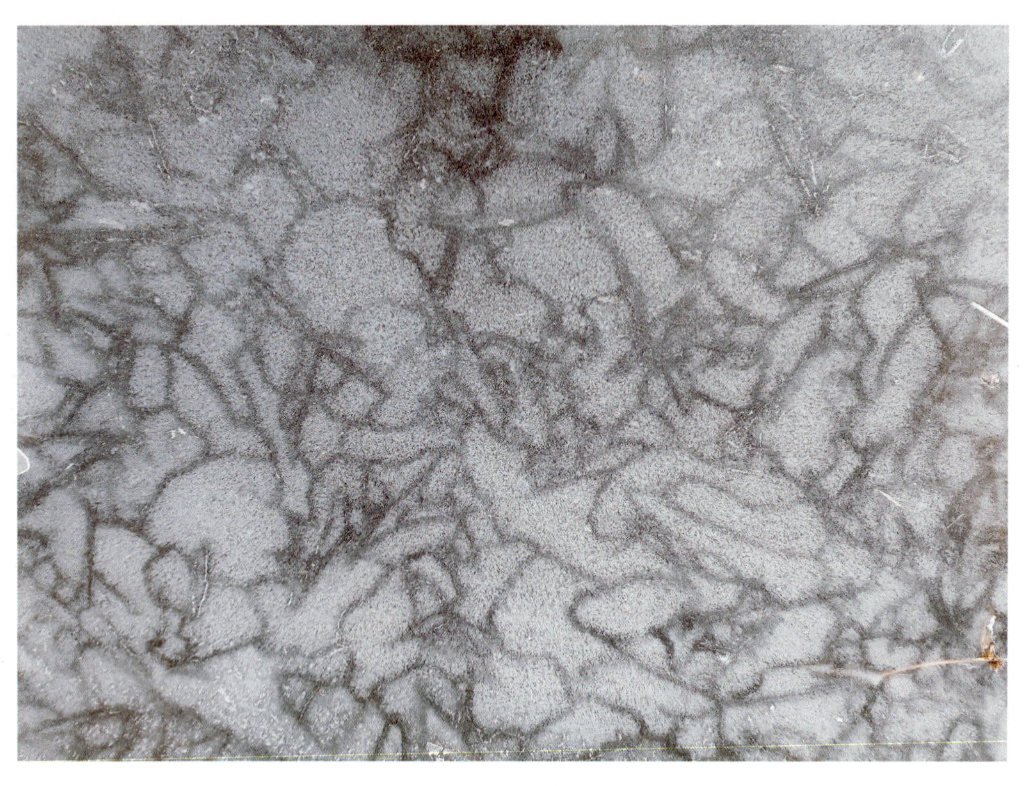

물 위에 그린 겨울의 자화상

— 겨울꽃

살다 보면 종종,
칼로 벨 수 있는 물이
있다는 걸,
얼음의 틈에서 이해했다

한때는 물 같았을,
얼음 같은,
그 마음들을 보고

— 부부싸움

저 컴컴한 허공에 너 혼자라
외롭겠지만,
너만 있으니,
너만 바라볼 수 있어

나는 외롭지 않아

— 새벽달

옹이 하나 박아둔 겨울나무처럼,
재잘거리던 계곡이 멈췄다
하늘에 닿으리라던
나무의 소망도,
바다에 닿겠다던 계곡의 노래도,
잠시 쉬어가는 이 계절엔,

그리움도 잠시 쉬어가자

— 일시정지

가만히 올려보고 있으면 나무는,

움직이지 못하는 대신
모든 것을 불러들이는
마력이 있다
구름도, 해도, 달도, 별도
새도, 사람도

움직이는 것들은 모두 한 번씩,
나무의 시선에서 머물다 간다

살아서 별자리를 갖는
유일한 족속의 명예인가

—나무처럼1

저 달은
참 얄궂게도
당신들 입꼬리를 닮았다
따라 웃어본다
또 그런 날이 저문다

— 초승달8

힘이 빠진,
오래된 어떤 그리움은
때로,
바람 불어가는 쪽으로
눕기도 한다

― 그립다고, 그립다고,

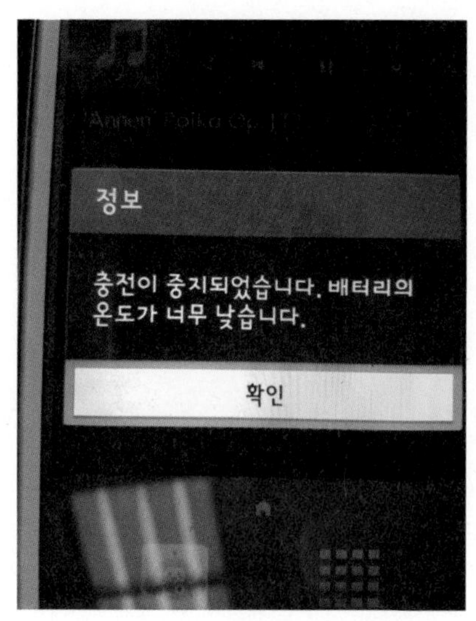

밤사이
핸드폰과 충전기가 싸웠나보다
이 냉랭한 한기를
어찌 달래주어야 하는가
당신들의 거리는 가깝고,
몇 가닥 구리선은 차갑고,
토라진 핸드폰은 뭐라 하는데,
충전기는 할 말이 없단다
이들의 온도는 넣 도쯤일끼

모든 일엔
적당한 온도가 필요한 법

— 마음의 온도

시간의 어느점은 어디쯤일까
그때가 되면
우리의 시간도 잠시,
멈추어줄까

— 얼음땡

전생을 오롯이 온몸으로 감싸고, 나무는 또 다른
나무가 된다 그 겨울 혹독한 추위와 눈보라가 고
스란히 나무 속으로 배어들고,

나이를 먹는다

— 나무처럼2

그때,
우리 마음도 저들처럼
한 곳만 바라보았다면
당신도 나도
더 행복했었을 텐데
후회는 아니지만,
더 행복할 수 있었던 당신에게
미안할 뿐

그땐,

— 그저, 바라보다

270

면사포를 쓴 신부처럼,
혹은 오징어 튀김처럼,
눈의 형상은 상상을 견인한다

저,
　　저,
　　　저기
끌고 가는 견인차처럼

아침부터 신난 참새떼는
발자국도 찍지 않고

— 상상

271

저녁 무렵이 다 되어야 나무의 직립은 울타리를 친다
더 어두워지기 전에 잿빛이 된 하늘이라도 품어보려는
심산이다 자꾸 빈틈으로 빠져만 가는 별자리를 붙잡아
두려는 전생의, 그 이전 생의 내력이다 바람도 집을 찾
아 들어가 꼼짝없이 부동, 부동자세다

— 별자리 사열

명절이라고,
다들 고향을 찾아오니,
개는 제집이라고 종일,
낯선 손님을 향해
짖어대기만 힌다

명절이라 시끌벅적했다
개소리로

— 설

273

입춘대길은 흔적만 남아있고 공가 폐쇄 문자가 선명하다
'저 집을 지을 때 내가'로 시작되는 어르신들의 무용담도 얼
마 안 남았다는 이야기다 시골에서 집 한 채가 무너진다는
것은 마을 일부가 사라지는 것, 보상 하나 없이 제방으로 내
어주고, 길로 내어주고, 하천으로 내어준, 그렇게 마을이 된

아직 그 일들을 헤아릴 길 없는 어린 한량은 굳게 닫힌 문 사
이를 훔쳐보기만 하다가,

생각만 많아졌다

— 공가폐쇄

그대,
생각에,
오늘 하루도 달그레

— 초승달9

짜장면 다 비우고
한입
크게 베어낸 단무지 하나
쪽배처럼 덩그러니

곁을 지나는
길고양이
막연한 울음
귀 끝에서도 맴도는
그믐의 맛

혀끝이 서럽다

— 초승달10

별이 뜨지 않을, 밤
때론,
내리는 눈이
별자리가 되기도 한다
간절하면

당신은 외롭지 않다

— 눈자리

모스부호처럼
졸졸~ 졸 졸~ 졸졸

쉬지 않고 보내는 소식을
알 길 없지만,
수신인이 누구인지는
알 것도 같은
당신에게 쓰던 메시지처럼
곧,
올 것도 같은

봄

—카톡, 카톡~

엄마의 바다는 네모가 된다

— 두부하는 날

사물이,

거울에 보이는 것보다

가까이 있음

어쩌면,

— 마음도

달빛도 감춰두고

소복소복

눈 쌓이던 소리 들리더니

밤새 그리움만 쌓였네요

당신도 소복소복 오세요

— 소복소복2

낮잠 한때,
꿈인가 싶게 천상계가 펼쳐졌다
덕분에,

아직은
몇 해 더 머물러도 되겠다 싶다

— 낮잠

좀처럼
길을 내보이지 않던 산도
눈이 내리면
이렇게
오롯한 오솔길을 내준다

당신 마음에도 눈 내렸으면,

아!
좋겠습니다

— 눈 내리면

한 계절이 지나고 나면
어디 있다가 나왔는지도 모르게
버려지는 옷들이
걱정처럼 생겨난다

항상,
걱정은 먼저 오고,
이번 계절에도
당신은 오지 않았다

— 당신의 계절

그리움의 속도는
동백과 목련 사이

그대,
마음으로 가는 길
곧고,
곱고,
고운,
터널 하나 있었으면 좋겠다

— 터널

시인들은 모두 그렇다
모두 다 제 잘못인 양, 아파하고,
아파하고, 또 아파하고
그렇게 아파하다가
가슴이 무너지는 소리로 쓰는

그게 시다

— 변명

페이스북에서 소비되고 소모되는 감정들은 다 어디에 씨앗을 뿌리고 다시 자라날까. 혹시 멀고 먼 우주에 페이스성좌가 있어, 거기에 계정마다 하나씩의 별이 존재하는 건 아닐까? 그렇게 페친마다의 별자리를 만들고, 또 멀어지고 가까워지고. 때론 영영 멀어지거나, 사라져버리기도 하는.

우리의 별자리,
이름은 무엇일까

— 페이스성좌

저, 소실점에서야
이들은 만날 수 있다
모든 것이 소거되는 저 지점

거기 서면,
이들처럼,
나도,
당신을 만날 수 있을까

— 소실, 점

대부분,
드라마의 마지막은
해피엔딩인데,
대부분,
인연의 마지막은

참,
그르타

— 인연2

언제 밥 한번 먹자
시간 날 때 얼굴 좀 보자
나중에 연락할게
살갑게 했던 말을
무심하게
올해도
다 주워 담지 못했다

모두,
미안하고, 그립다

― 해피뉴이어